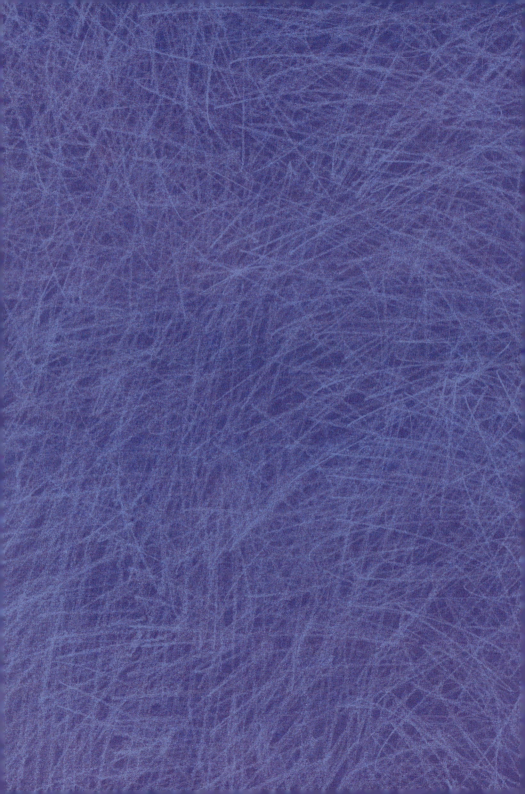

国际大作家桥梁书系列

最富有的男孩

[德]马库斯·奥特斯 著 [德]凯尔斯汀·迈耶 绘 杜峰 译

人民文学出版社 天天出版社

著作权合同登记：图字 01-2023-1430

Text: Markus Orths
Illustrations: Kerstin Meyer
Title of the original edition: Der reichste Junge der Welt
© 2018 Moritz Verlag, Frankfurt am Main
Simplified Chinese language edition arranged through Beijing Star Media
Agency, Beijing & mundt agency,
Düsseldorf

图书在版编目（CIP）数据

最富有的男孩 / (德) 马库斯·奥特斯著 ; (德) 凯尔斯汀·迈耶绘 ;
杜峰峰译. -- 北京：天天出版社,2024.3
（国际大作家桥梁书系列）
ISBN 978-7-5016-2255-9

Ⅰ.①最… Ⅱ.①马… ②凯… ③杜… Ⅲ.①儿童故事－德国－现
代 Ⅳ.①I516.855

中国国家版本馆CIP数据核字(2024)第047123号

责任编辑：卢　婧　　　　　　　　　美术编辑：卢　婧
责任印制：康远超　张　璞

出版发行：天天出版社有限责任公司
地址：北京市东城区东中街 42 号　　　　　邮编：100027
市场部：010-64169902　　　　传真：010-64169902
网址：http://www.tiantianpublishing.com
邮箱：tiantiancbs@163.com

印刷：北京博海升彩色印刷有限公司　　经销：全国新华书店等
开本：880×1230　1/32　　　　　　　　　印张：2.5
版次：2024 年 3 月北京第 1 版　　印次：2024 年 3 月第 1 次印刷
字数：38 千字

书号：978-7-5016-2255-9　　　　　　定价：24.00 元

献给我的母亲玛琳·奥特斯

第一章

　　以一个谎言开始这本书，感觉怪怪的。其实，我并不是世界上最富有的男孩。只是在学校里，我的朋友都这么叫我。我敢说，有的是比我更富有的男孩，在美国，或者在世界其他国家，这一点我非常肯定。不过，我依然是瓦滕海姆①最富有的男孩。这是我和爸爸生活的地方。

_____

① 德国的一个地名。

一年前，我们拥有了一座新房子，孤零零地坐落在村子后面的森林里。这座房子对我和爸爸两个人来说太大了，有九个房间和三个浴室。其中两个房间是我的——一间有写字台的卧室和一间游戏室。储藏室里陈列着巨大的铁路景观摆设，有隧道和高山，湖泊和城市，人类和动物，一座城堡、一座火车站、一座小足球场和很多小

小的足球运动员。至于我，当然踢足球啦。在瓦滕海姆足球俱乐部，在U11①球队，我多数时间都在守门。我的偶像不是曼努埃尔·诺伊尔②，而是勒内·伊基塔③。

虽然伊基塔早就不踢球了，但是爸爸给我看过网上关于他的视频。可以看到有着一头宛如狮子鬃毛般黑色长发的门将伊基塔，是如何在中场盘球和射出任意球的。有一次，伊基塔做了一个蝎子式的扑救，具体是这样的：他站在球门前，一个

———————

① U11足球是指球员年龄在11岁以下参加的足球比赛。
② 德国职业足球运动员。
③ 哥伦比亚前足球运动员，以"蝎子摆尾"的守门方式闻名。

球画了一道很高的弧线将要落到他面前，伊基塔没有用双手扑救，而是纵身扑到球下，用脚后跟将球踢出球门。我认为这是世界级扑救。

距离爸爸给我看这个视频已经过去两年了。两年前爸爸突然一夜成名，他得了一个奖，一个建筑大奖。爸爸高兴得翻了个跟头，他说："这就像杜塞尔多夫队赢得联赛冠军一样。"可是爸爸成名之后，他就没什么时间陪我了，可以说完全没时间了。"爸爸们，"他总是说，"很少有时间。他们得挣钱，特别忙。尤其是单亲爸爸们。"

我们的大房子是爸爸自己建的。不，是工人建的，但是是爸爸设计的，谁为房子画出一张建筑图纸，那么房子就是谁设计的。自从爸爸赢得了建筑界的联赛冠军，他要么就从早到晚坐在附近的大城市

杜塞尔多夫的办公室里，要么就在去会见"建筑雄狮"的路上。以前我以为它们是真正的狮子，从非洲来，有鬃毛，会咆哮。爸爸就像马戏团的驯兽师那样跟它们一起工作。嗯，四年前我还很小，现在我知道了。"建筑雄狮"指的是比爸爸还有钱，要盖更多更大房子的人。这些人也需

要建筑师。

因为爸爸一整天都要工作，我放学之后就会骑着自行车去奶奶家。我的自行车特别酷，漆黑的颜色，中间有一根横梁。它是爸爸四个星期之前送给我的，是我八岁的生日礼物。

那我的奶奶呢？她住在村子里，在一栋很老的住宅的底楼。爸爸问过奶奶好几次，为什么不搬来我们家。可是奶奶很喜欢她的房子，她说："我在这里住了一辈子了，这里是我的家。我不想一把年纪了还搬家，除非有什么疯狂的事情发生。"

奶奶每天都给我做我最爱的食物。这

是真的。因为只要是奶奶做的，都是我最爱的食物。就连豆子浓汤也是，奶奶会在里面放很多胡椒，尝起来就像火山爆发。奶奶还会做土豆饼、松饼、菠菜、酸鲱鱼和馒头。天哪，写到这里我好饿呀。

第二章

  我要讲的故事，发生在那天，就是我的自行车被偷的那天。中午我坐在奶奶家吃巧克力小蛋糕。小蛋糕美味绝顶，里面的巧克力是液体的，你叉掉蛋糕的一块，巧克力就会流出来。吃完我们一起玩跳棋、五子棋和国际象棋。奶奶跟我下棋的时候特别认真。别的成年人有时候会故意让着小孩，奶奶可不这样。所以我赢了就会格外开心，但我赢的时候并不多。

六点，我跟奶奶告别，亲了她一下，跑出去，发现我的自行车不见了，就这么不见了。我记不清锁没锁了。村子里原本没有小偷小摸的现象，在奶奶家门前就更不可能。我跑回奶奶家喊道："我的自行车不见了！"奶奶跟我走出家门，不停地摇头。已经没办法了，丢了就是丢了。

我不得不走路回到森林里的家中。爸爸跟我打了声招呼，他正坐在客厅的桌子

旁，眼前摆着一张建筑图纸。爸爸手头上总是有很多建筑图纸，上面画着即将要盖的和正在构思中的房子。我觉得，他压根就没发现我有多难过。

我说："我的自行车被偷了。"

"什么？真的吗？"他迅速抬了一下眼皮问。

我点点头。

"别难过了，"爸爸说，"我给你买辆新的。"

这就是全部了。

我觉得好难受。我希望，爸爸能把我抱在怀里安慰一下。我的自行车不是随随便便的一辆自行车。我的自行车有名字，它叫巴勃罗，是我的金牛坐骑。我爱巴勃罗，我跟它聊天，我激励它前进。巴勃罗比我以前那辆自行车跑得快多了，有时候它好像自己在飞奔！

可是爸爸已经在看图纸了，他嘴里叼着一支笔。

我跑回自己房间大哭了一场。我从来

不哭。真的。呃，很少哭。我讨厌哭。

可是那天我哭了，因为巴勃罗被偷了，因为爸爸又没有时间。突然门开了，爸爸走进来。我赶紧擦掉眼泪。

"你哭了？"他问。

"没有。"我说。

"听我说，别人偷走了你的自行车，这也没办法。不必难过。"说着，爸爸从身后拿出一张纸，"快看。"他把纸递到我面前。

"这是什么？"我问。

"给你一个补偿。"他说，"这是两张儿童万圣节派对的票。派对两个星期后在杜塞尔多夫举行。我刚刚在网上买的，特意为你和……"

"太好了，爸爸！"我欢呼着，"我们已经很久没有一起庆祝节日了。"我跑过去紧紧抱住他。

我的鼻子正好贴在他的胸口上。他用手抚摸着我的头发。

第三章

现在我必须坚持过完这两个星期，就是等待万圣节派对的两个星期。我给自己订了一套恐怖的服装：黑色斗篷、白色手套、锋利的尖牙、一个往后梳的假发套，还买了大量红色、白色和黑色的化妆品。我要打扮成德古拉，他是有史以来最著名的吸血鬼，他是吸血鬼里的贝肯鲍尔①。现

---

① 贝肯鲍尔是"足球皇帝"，此处形容德古拉很厉害。

在我只需要测试一下，这套装束是不是真的能吓到人。

奶奶将成为我的目标。

放学后，我悄悄溜进奶奶的小棚子。我从袋子里拿出吸血鬼衣服穿上，把脸涂成灰白色，嘴唇涂成红色，还在嘴巴和下巴之间画了一道血迹，好像我刚刚咬过人一样。我还特意带了一面小圆镜子照了照，效果不错。我摁响了奶奶家的门铃，躲在一旁等着。当她打开门，我突然从拐角处跳出来，大喊一声"哇！"，伸出爪子一般的双手。奶奶捂住了她的心脏。

　　"救命啊，雅各布！"她大叫起来，

"你看起来太可怕了！"

　　"真的吗？"我问。

"当然啦。"奶奶说，然后她笑着拍了拍我的肩膀，"进来吧，我们有客人。"

"真的吗？"我问，"是谁？"

奶奶把我推进屋里。客厅里坐着一个女人和一个小男孩。我进来的时候，她站了起来。男孩看到我时，立刻跑向那个女人，紧紧抱住她。我的装扮真的很吓人，小男孩特别怕我。我走进洗手间，脱下吸血鬼衣服，洗干净脸，变回了平常的样子。

我的奶奶真是个了不起的人。我必须这样说。她平时比较清闲，所以她经常在早上去看望那些难民，她更喜欢称他们为

"新来的人"。"那些人来到我们这里,"奶奶总是说,"他们是新来的,我们必须帮助他们。"

"他们是从哪里来的呢?"两年前我问奶奶。

"从斯里兰卡、索马里、叙利亚来。"她说。

"还有西班牙吗?"

"为什么是西班牙?"

"因为这些国家的英文名都是以S开头的。"

奶奶笑了。

这些新来的人住在游泳池后面的体育

馆里。奶奶去那里看望他们，帮助他们，分发各种物品，有时候给他们煮一大锅汤。她帮他们写信，办一些很重要，但对于他们来说却很困难、无法独立完成的事情。奶奶还跟他们聊天，教他们德语。

"这是阿亚莎！"奶奶指着那个女人对我说。

那个女人微笑着伸出手来。

"今天我做饭。"阿亚莎说。

"阿亚莎的德语说得很好。"奶奶说，"她已经来德国一年了，刚开始在墨伦多夫，不久前才来到这里。她在老家是语法老师。"

我们现在也正在学语法，让我告诉大家什么是语法：语法就像是语言的蓝图，乐高的说明书；或者像足球战术一样，在足球中有三后卫或四后卫阵型，有前锋，有双后腰，有贴身逼抢战术，要想踢好球，就必须事先知道谁踢什么位置。语法也是这样，有句子结构和词语组合，如果要说得好，就要事先知道每个词应该放在哪里，也就是它在句子中的位置。

教授语法的人肯定特别聪明。

"阿亚莎，"奶奶说，"这个名字的意思是生命。"

那个男孩叫巴萨姆，意思是微笑的

人。可是巴萨姆从来没有笑过，跟他的名字完全相反。他一秒钟都坐不住，他跑到奶奶的书架那里，把书拿出来扔到地上，一直扔，一直不停。巴萨姆不仅扔书，他

还狠狠地摔书，好像他特别愤怒。阿亚莎大声对那个男孩说了些什么，可他还是继续扔。奶奶对阿亚莎说："随他去吧。"

巴萨姆坐到那些书旁边。他把书打开，围着自己建了一个圆圈。如果一本书倒下了，他就用双脚踩着它，从书架上拿出一本更厚的书。厚书立得更稳。

阿亚莎说："请原谅。巴萨姆四岁的时候就会说话了。他今年五岁。从一年前开始，他就再也不说话了。他的爸爸去世了。"

奶奶的眼神变得悲伤起来。她握住阿亚莎的手说："我也经历过这些，我当时还很小，已经过去很久了。"然后她低声说了一个词，一个我从没听说过的词，"创伤后应激障碍。"

"什么意思？"我问。

"创伤后应激障碍嘛，就是十分恐惧，

特别无助。"

我不解地看着奶奶。

"你想想，雅各布，有炸弹落下来，你在地下室，不知道自己能不能活下来。你害怕得要死，然后你就会出现创伤后应激障碍。之后听到一丁点响声，你就会感到恐惧，你以为又有炸弹要掉下来了。你会感到愤怒和沮丧，你不知道自己该干什么。

我想，创伤后应激障碍一定很可怕。可是那跟梦有什么关系呢？梦是很美好的呀，说的是噩梦吧。

"噩梦的创伤吗？"我问。

25

"是的，"奶奶笑了笑，说道，"噩梦的创伤。"

第四章

　　终于要吃饭了，我跟奶奶坐在餐桌旁。阿亚莎做的饭，那道菜尝起来太可怕了——特别浓的汤，里面还有一些碎块。刚尝了第一勺，我就差点儿吐到盘子里。可是奶奶却说了声："好吃！"所以我也吞下了第二勺和第三勺。奇怪的是，一勺比

一勺好吃。虽然不如奶奶做的馒头好吃，奶奶做的馒头是无敌的，就像皇家马德里队①一样，但是最后，我甚至又盛了一盘。这道菜的味道特别浓郁，比奶奶的豆子浓汤还好吃。

"人应该学会适应。"奶奶说，"如果碰到我们不熟悉的食物，有时候几勺就适应了，有时候几个月才能适应。"

"跟足球一样，"我说，"莱万多夫斯基②转会到拜仁慕尼黑③之后，也花了半年

---

① 一家位于西班牙首都马德里的足球俱乐部。
② 波兰职业足球运动员，2014年加入拜仁慕尼黑足球俱乐部。
③ 拜仁慕尼黑足球俱乐部。

时间才适应，他和穆勒①互相了解，熟悉了对方的奔跑路线，现在他们配合得天衣无缝。"

"奔跑路线？"奶奶不解地问。

"他们知道对方要跑向哪里，球会传向哪里，这样对方就可以拿到球射门。"

"没错。"奶奶说。

在此期间，巴萨姆也离开了他的图书城堡跟我们一起坐下。吃过饭，他爬到妈妈的腿上坐下。阿亚莎抚摸着他的背，非常温柔。我觉得这个场景很美好，爸爸以

---

① 德国足球运动员，2008年加入拜仁慕尼黑足球俱乐部。

前也这样抚摸过我，不过已经是很久以前了。有时候我会想，也许他没有得过建筑界的联赛冠军会更好。

　　接下来的一个星期，我每天都会在奶

奶家见到阿亚莎和巴萨姆。我们四个人中午一起吃饭，有时候做饭的是阿亚莎，有时候是奶奶。巴萨姆尤其爱吃奶奶做的牛奶煮米饭。吃饭的时候，阿亚莎会给我们讲他们逃难的故事。她说一路上得到了很多好心人的帮助。他们只有身上穿的衣服和一个背包就出逃了，除此之外一无所有。大家可以设想一下，他们身后留下的是什么，是他们的家园。

奶奶也给我们讲了她所经历过的战争以及战后的处境:"那时候我们没有吃的,"她说,"战争结束后,我们曾到地里偷马铃薯。"

小巴萨姆还有创伤后应激障碍,有时轻有时重,他的脸上还是没有笑容。真奇

怪，一个人名叫"微笑的人"，但他从来都不笑。不过他吃完饭很喜欢跟我玩。我把配对记忆卡片翻出来，他玩得很好，比我玩得好。玩游戏的时候，他看起来很满足。

一个星期之后，奶奶问我："雅各布，你不想带巴萨姆和阿亚莎去你家看看吗？"

"想啊！什么时候去？"

"今天晚上怎么样？他俩肯定很高兴能去你家。"

"那爸爸呢？"

"啊，他不会有问题的。"

我给他俩写下我家地址，还画了一张地图，我家在森林里，着实很难找。我很会画图，是爸爸教我的。我说："晚上见！"然后就自己走路回家了。我还是没有新自行车，虽然我们预订了一辆，不过那是特别定制款，爸爸说，还得再等几周。

　　晚上，爸爸回来了。他一如既往地忙碌，他说："我今晚又得加班了。"

　　"我们今天有客人。"我说，但是爸爸不再听我说话，他已经坐到电脑前了，显示屏上的光映在他的脸上，就像晚间足球比赛的聚光灯。

　　门铃响了，我喊道："来啦。"

巴萨姆藏在妈妈身后，他不知道等待着他的是什么。阿亚莎微笑着向我伸出手，我带他们来到爸爸的办公室。"这是巴萨姆，这是阿亚莎。"我说。

"晚上好。"爸爸说着站起身来。他惊讶地看着我，我给他简短介绍了一下他俩是谁。他跟阿亚莎握了握手，巴萨姆依然藏在后面。

"你想带他们参观一下我们的房子吗？"我问爸爸。

"不，呃，还是不了吧。"爸爸说。

"为什么呢？"

爸爸无助地摇摇头。

我大声说:"那么我来吧。"

我带着他俩转了一圈,参观了我家的九个房间,爸爸跟在后面。我不明白,他为什么不愿意带他俩参观我们家呢?他本来很喜欢带人参观的,他很为自己的房子自豪。可现在爸爸全程看起来,就像打入了一个乌龙球。

参观完,我问阿亚莎:"你觉得这座房子怎么样?"

"很大。"她说,"跟体育馆一样大。"

"你们在体育馆里住的地方有多大?"我问。

阿亚莎指了指我家沙发。

"什么？"我问，"这么点儿地方？"

"半个沙发那么大。"阿亚莎说。

我看着爸爸。

"您想喝点儿什么吗？"爸爸问。

阿亚莎点点头。

"您请坐。"爸爸说，"我去泡茶。"

在爸爸和阿亚莎喝茶的时候，我跟小巴萨姆一起玩。我带他上楼，给他看我那规模庞大的铁路景观摆设，他惊讶得不能自已。但他还是不愿意笑，好像他的笑容留在了他的故乡。

当巴萨姆没有来由地突然拿起一个足球运动员的小人儿，把他扔到墙角时，我就带他下楼了。我的爸爸好像聊得很开心，我走向他的身边。"那么，"他说着站起身来，"我得继续工作了。很抱歉我没有更多的时间陪您，阿……阿……亚莎女士。"

我们跟阿亚莎和巴萨姆道别，他们俩回家了。我在想，真奇怪，当你要回家时，回到的却只是一个体育馆。

第五章

万圣节派对五点开始，我和爸爸很早就开车来到杜塞尔多夫，爸爸特意为我休了假，这太棒了！

"你为什么不经常休假呢？"我坐在车里问。

爸爸喋喋不休地念叨着工作，工作，工作，还有他对雇主的责任。我也听不懂。"那么我怎么办？"我问。

爸爸的智能手机响了，爸爸看起来很高兴，因为他在休假，不必立刻回应。他摁了一个键，就可以不用拿起电话贴着耳

朵听了，这叫免提通话系统。通话结束后，我们到达了杜塞尔多夫。跟爸爸一起在莱茵河边用石头打水漂真是太好玩了，我特别喜欢。他还随身带着甘草糖，时不时地给我一块，直到他说："不能再吃了，

不然待会儿吃万圣节晚餐的时候，你就不饿了。"

派对棒极了！从五点一直开到九点，热热闹闹的全是人，一百多个孩子从杜塞尔多夫的各个地方赶来。大家一起玩游戏、吃热狗，我甚至还被允许喝可乐。派

对在一个超大的帐篷里举行。不过我们小孩子更喜欢在外面疯跑，就算天冷也不怕。后来我们还去大街上转了一圈，我们摁响别人家的门铃，喊着："不给糖就捣蛋！"我们总共要到了三袋糖果，把它们都瓜分了。

九点钟我们开车回家。爸爸懒得把车开进车库，就直接停在两个车棚中的一个。我们从车上下来。当爸爸要输入带有报警装置的门锁密码时，发现门是开着的。我们的房门开了一道缝，几乎是虚掩着的。爸爸自言自语地说："我走的时候锁门了吧？"说着他推开门，打开灯，这时我们看到了不可思议的一幕，家里一无所有。

我们的房子是空的，空空如也。家具全都不见了，我们所有昂贵的古董、家具都不见了，走廊里的、宽敞的大客厅里的，全都没了。就连水晶吊灯都不翼而飞了，只有天花板上的几盏小灯还亮着。爸爸的书和书架不见了，他收藏的唱片和唱片机，我总是用来看德甲比赛的大电视和电脑全都不见了。我们查看了整座房子，目之所及全都空空如也。厨房里的冰箱也不见了，卧室的床也不见了。

我的游戏，是的，就连储藏室里的铁

路景观摆设、爸爸的西装、我的衣服，都不见了！还有全新的莱万多夫斯基款的粉红足球鞋，全都不见了。就连一些不值钱的东西，洗手间的毛巾、储藏室的食物和一些没人需要的玩意儿，也没了。

"这不是真的。"爸爸说，"怎么会有这种事！"说完他打电话报了警。

我又跑上楼来到我的房间，真是邪门，我所有的东西一下子全都没了。我的平板电脑，我的足球英雄游戏，我的乐高城市和百乐宝积木，我所有的书。小偷要这些东西干吗？他们要十二本格雷日记有什么用？不！我突然想到，我的一大本世界杯足球册子也消失了！这本册子我每天晚上都看，我最喜欢的一章就是1954年世界杯，当时的德国队在小组赛以两个3比8输给了匈牙利队，接着又在决赛以3比2战胜了同一支匈牙利队。大家都高喊：真是个奇迹！德国队战胜了史上最强的一支球队。

我咽下口水，拼命与眼泪搏斗，我不想再一次哭鼻子。我的四周空空如也，太可怕了，我的房间进小偷了！他们只给我留下了我的十七个毛绒玩具，这些玩具零零散散地躺在地上，它们对小偷来说太没价值了。我很久都没玩过这些毛绒玩具了，我早就不是小毛孩了。我坐在地板上，想起了巴萨姆，从一个瞬间到另一个瞬间。虽然我也不知道为什么，但是我立刻用这些毛绒玩具在我的四周围了一个圈，这么做让我感觉好了一些。

突然我看到墙上闪起蓝光，外面有一辆车开过来，我跳起来跑下楼。爸爸打开门，两个警察站在门口，像侦探片一样。警察到处寻找线索，然后其中一个警察说："他们是惯犯。这是一个犯罪团伙，专挑位置偏远的房子下手。他们有六七个人外加一辆大卡车。"

　　"那么他们怎么知道我们不在家呢？"爸爸问。

　　"他们要么提前观察过，要么黑进了您的邮箱。您最近在网上订东西了吗？比如说参加某个活动的门票？"

　　爸爸如梦初醒："万圣节派对！"

警察点点头。"这种东西他们查得到。"
他说。

"他们怎么躲过的报警装置呢？"爸
爸问。

"对惯犯来说，这不是问题。"

我当时的感觉，就像刚刚3比8输掉
了一场比赛。

真是一个深刻的教训。

第六章

不知不觉，就剩下我跟爸爸两个人了，一座空荡荡的大房子，给人阴森森的感觉。虽然刚搬来时也是这种感觉，不过今天是万圣节，阴森森的，很应景。爸爸冷静下来，给我看了挂在钥匙串上的U盘。

"幸亏，"他说，"我把所有的资料都备份了，这是最重要的，其他东西我们可以再买。"

"咱们在哪儿睡觉呢？"我问。

　　"楼上卧室。"爸爸说,"睡在希腊长
绒地毯上,总比睡在地板上强。"

　　进了洗手间,我才意识到自己还是一
身吸血鬼打扮。我脱掉吸血鬼衣服,洗干
净脸。我回到卧室一看,喊道:"他们甚至
还偷走了我的睡衣,不过牙刷还在,好可
惜,不然我今天就不用刷牙了。"

　　爸爸看着我,我挤了挤眼,他笑了起

来。他说：“我认为，刷牙这一项今天可以省略，怎么样？”

“我们就穿着平时的衣服睡觉吗？”

“是的。”

“并排着睡吗？”

“当然啦。”爸爸说，我的心脏怦怦直跳。

“爸爸！”我突然喊道，“我有一个主意。”

我跑到花园里，来到球门跟前，那里有我的世界杯足球，它躺在球门里，刚刚打满气。我把球拿起来，跑回家。“玩到十点怎么样？”我问爸爸。

爸爸看着我，他久久地看着，仿佛有一个世纪那么长，然后说：“当然可以，反正我现在也睡不着。”

于是，这座大房子一点儿也不阴森森的了。相反，它很棒！阿亚莎说得对，这里就像一个体育馆，只不过地板是实木的，客厅的两扇门就像球门。虽然我很会

控球，但是我大部分时间都在守门。我会齐达内①的技巧、贝肯鲍尔的转身和罗纳尔多②的彩虹过人。我甚至会将齐达内和罗纳尔多两个人的技巧融合在一起。不过只是慢动作展示，不是在真正的比赛中。我的爸爸要费很大的力气才能防住我。我不知道他是不是每次跟我踢球都用尽了全力，还是有时候会让着我，总之我最后以10比8战胜了他。每次进球后我都会庆祝，有时候模仿博格巴③，有时候模仿伊布拉

<hr>

① 法国前职业足球运动员、教练员。
② 葡萄牙职业足球运动员。
③ 法国职业足球运动员。

希莫维奇①。大多数时间我都扑到地板上向前滑行。

"很棒的体育馆。"我说。

突然，我想起了另一个体育馆。阿亚莎和巴萨姆住的那个体育馆。人很多，空间很小。

"爸爸。"

"什么事？"

"我们还要买新家具吗？"

"什么？"

"我们可以空着一个房间用来踢足球。"

---

① 瑞典前职业足球运动员、教练员。

"你是认真的吗？"

"或者我们可以腾出两个房间和一个洗手间给别人住。"

"给别人住？给谁住？"

"给阿亚莎和巴萨姆，让他们过来跟

我们一起住。这样我们的房子就热闹多
了，爸爸。"

"这不行。"

"为什么不行？"

"我们根本就不认识他们。"

"我已经认识了。"

“你也不知道他们愿不愿意。”

“他们只有半个沙发那么大点儿地方，怎么会不愿意？”

“这个问题太复杂了。”爸爸喊道，“要不要我再射几个球？”

我找来万圣节的德古拉手套，弯着腰站在门前。爸爸一开始并没有用力踢。我

说:"你尽管使劲踢!"

爸爸照做了。我连续三次抱住了球。"扑救成功!"我每次都这样高呼。

接下来,爸爸想展示一下他的实力,他把球停好,先来了一段很长的助跑,接着奋力一脚,球应声入网,势不可当。可是我们的球门没有网,球穿过房间向窗户飞奔过去,随着一声清脆的"咣当"声,球破窗而出。我看了爸爸一眼,他说:"呃,反正也无济于事了。"

我们都笑了起来。

第七章

"过来一下。"爸爸说。

我走到他面前，他摸了摸我的头。

"你踢得真的比以前好多了，雅各布。"

"爸爸，"我说，"你一定要去看我比赛，我每个星期六都有比赛。"

爸爸坐到地板上，他苦涩的表情像是刚咬了一口柠檬。"我上次去看你比赛是什么时候？"他问。

"不知道，"我说，"很久以前了。"

"很抱歉。"爸爸说，"办公室，工作，还有这座房子。过去这段时间我的确是太忙了。"

我在他旁边坐下，爸爸突然把我揽进怀里，很久很用力。我不想放开他，我希望，他永远这样抱着我。

"嗯。"爸爸看着我，终于开口了，"雅各布，我向你保证，下个星期六我一定去。"

"看我比赛吗？"

爸爸点点头。我开心极了。

"爸爸？"我说。

"怎么了？"

"阿亚莎和巴萨姆的事怎么办呢？"

"我会考虑的。"他说。

我接着说："我敢打赌，如果阿亚莎和巴萨姆住在这里的话，奶奶也会搬过来。"

"你觉得会吗？"

"她总是说，要她搬进来，除非是发生了什么疯狂的事。这就是疯狂的事，不是吗？"

爸爸露出笑容。

我设想了一下，他们三个都住在这里会是什么样子。奶奶、阿亚莎和巴萨姆。一共有九个房间，占用了两三个，根本就察觉不到。我是世界上最富有的男孩这件事，肯定有某种好处的。我想，明天再去问问爸爸，如果我经常问问他，说不定什么时候他就会同意。奶奶、阿亚莎和巴萨姆一起住在这里，生活会更热闹、更舒服、更温暖、更有滋味。如果巴萨姆跟我们住在一起，说不定他有一天会再次微笑。

　　爸爸突然一个激灵。"稍等！"他说着站起来。

　　"什么事？"我问。

爸爸好像有什么好主意，他跑出家门，几分钟后又跑回来。他腋下夹着一个长形的东西，那东西像一个卷起来的睡袋。爸爸突然满面笑容。"上来，快！"他喊道。

　　我们跑到楼上，在卧室的希腊长绒地毯上，爸爸拿掉了那个长形的东西的罩子。

　　"这是什么？"我问。

　　这时，爸爸讲起他小时候跟他的爸爸一起经历的骑行之旅——骑自行车穿越黑森林。他们父子骑了整整一个星期，还在外面露营。"这就是露营的帐篷！"爸爸大声说着，给我看那个长形的家伙。

　　接着，我们一起开始搭帐篷。

好吧，这个东西上面落了很多灰尘，还散发着一股霉味儿。

　　"它一直在车库里。"爸爸说，"我永远都不可能把它扔掉。"

　　"为什么不会呢？"我问。

　　爸爸沉默不语，若有所思，然后他讲起了跟他爸爸度过的那一个星期，讲到了去过的地方，他爸爸带他看过的沿途风景，有巫婆的房子、霍伦塔尔山谷、乌塔赫峡谷、特里贝格瀑布，还讲到了他们在帐篷里露营的那些夜晚，那些一起玩过的游戏，人物猜谜游戏之类的。他们一直从巴登骑到蒂蒂湖。"真是太好玩了，"爸爸

说，"那是他送给过我的最好的生日礼物。"

帐篷终于搭起来了，在爸爸卧室的希腊长绒地毯上，我们钻了进去。这真是一个很旧很小的帐篷，对小偷来说毫无价值，对爸爸来说却不一样。那里面珍藏着那些美好的回忆——对父亲的回忆和所有对跟他共度的那段时光的回忆。

我们依偎在一起，分享着万圣节糖果，大嚼特嚼了一番。然后爸爸干了一件很美好的事——他抚摸着我的背。我的感觉就好像3比2赢了一场比赛，非常惊喜。就像1954年在伯尔尼进行的那场决赛，对阵世界上最强的球队。

过了一会儿，爸爸说："现在我真的困了。"

我一直到深夜都还醒着，因为爸爸打起呼噜来像一群足球流氓。不过这没影响到我，我在睁着眼睛做梦。在空荡荡的屋子里，梦到奶奶、阿亚莎和巴萨姆，还有星期六要给爸爸展示我扑救技术的比赛。

后来我也睡着了。

很累，但是很幸福。

在帐篷里。在家里。

在爸爸身边。